とまと

どうぶつむらのがちょうおくさん　1のまき

ごきげんいかが がちょうおくさん

ミリアム・クラーク・ポター　さく
まつおかきょうこ　やく　こうもとさちこ　え

もくじ

1 あまぐつがない！

あるあさのこと、がちょうおくさんのあまぐつがなくなりました。おくさんは、げんかんのつきあたりにある、くらいものいれを、なんども、なんどもさがしました。いつもは、あまぐつをそこにおいているからです。でも、あまぐつは、そこにはありませんでした。おくさんは、ベッドのしたをのぞき、だいどころのベランダをみました。でも、あまぐつはありませんでした。

そこで、おくさんは、ぶたさんのうちへいきました。ぶたさんのうちのとをたたくと、だれだろう？と、ぶたさんがでてきました。そこで、がちょうおくさんはききました。

「あたしのあまぐつ、しらない？」

「しるわけがないじゃないか、きみのあまぐつなんて」と、ぶたさんはいいました。「それともなにかい、きみのあまぐつが、ぼくのいえまであるいてきたとでもいうのかい？」

「わからないけど」と、がちょうおくさんはいいました。「ただ、もしかしたらっておもって」

それから、おくさんは、りすおくさんのいえにいきました。とをたたくと、りすおくさんがでてきました。

「あたしのあまぐつをみなかった？」と、がちょうおくさんはききました。

りすおくさんは、きのみのはいった、小《ちい》さな、ひらたいプディングをつくっているところでした。ちゃいろのはなのてっぺんにも、しっぽのさきにも、こながついていました。

「いいえ、みてないわ」と、りすおくさんはこたえました。「あなた、あまぐつがうちにきてるとでも、おもったの？」

「わからないけど」と、がちょうおくさんは、ためいきをついていいまし

た。「ただ、もしかしたらっておもったの」

それから、がちょうおくさんはいえにかえりました。そして、ストーブのしたをみ、とけいのたなのうえをみ、かみくずかごのなかをさがしました。れいぞうこのなかもしらべたし、おもてにでて、はたけの土《つち》をほってもみました。でも、あまぐつは、どこにもありません。

ちょうどそこへ、ひつじおくさんが、とおりかかりました。

「ねえねえ、ひつじおくさん」と、がちょうおくさんは、ひつじおくさんをよびとめました。「あなた、あたしのあまぐつをみなかった？」

ひつじおくさんは、へいのそばで足《あし》をとめました。しろい、けのもしゃもしゃはえたあたまに、あおいひよけようのボンネットをかぶっています。

「いいえ、あなたのあまぐつなんて、みていないわ」と、ひつじおくさんはいいました。「あなた、あまぐつを、いつもはどこにおいているの？」

「げんかんのつきあたりの、くらいものいれ。いつもそこにおくことにきめているの」と、がちょうおくさんはいいました。「それなのに、ないのよ」

ひつじおくさんは、しばらくかんがえていました。それから、ききました。

「けど、がちょうおくさん。あなた、どうしてあまぐつなんかいるの、こんなにいいおてんきなのに？」

「ええ、でも、あした雨《あめ》がふるかもしれないでしょ」と、がちょうおくさんはいいました。「そしたら、あまぐつがいるでしょう」

「それはそうだわねえ」と、ひつじおくさんはいいました。「そういえば、あたしも、あまぐつをどこにおいたかわすれたわ！　かえって、さがさなくちゃ」

そういうと、ひつじおくさんは、いそいでかえってしまいました。

それでも、がちょうおくさんは、まだあまぐつをみつけることができませんでした。おくさんは、やかんのなかをのぞき、うらぐちのだんだんをみました。パンばこのなかもみましたし、まくらのしたもさがしました。

それから、はしごをだして、それにのぼり、やねのうえをはしからはしまでぜんぶみました。それでも、おくさんのまっくろい目《め》は、あまぐつをとらえることができませんでした。

「ああ、ああ、どうしたんだろ？　あたしのあまぐつ、どこへいってしまったんだろう？」と、おくさんは、ためいきをつきました。

それから、おくさんは、ばんごはんをたべ、ベッドにはいりました。

つぎのあさ、おくさんが目《め》をさましてみると、雨《あめ》がふりだしていました。

ポトン、ポトン、ポトン、雨《あめ》は、やねにおちています。

「まあ、雨《あめ》がふってるじゃない」と、おくさんはおおごえでいいました。

「きょうは、いちばにいく日《ひ》なのに。あまぐつがみつからなかったら、あたしの足《あし》、ぬれてグショグショになってしまうわ！」

おくさんは、おきて、ベッドをかたづけて、あさごはんをたべました。

あさごはんには、おわんいっぱいのとうもろこしのおかゆと、ホットケーキを五《ご》まいたべました。それから、うちのなかをそうじしました。そうじがすんでしまえば、いやでもかいものにいかなければなりません。このときまでに、雨《あめ》は、とてもひどくなっていて、水《みず》しぶきをあげてふり、どうろには、水《みず》たまりがいくつもできていました。

「どんなことがあっても、あまぐつをみつけなくちゃ！」と、がちょうおくさんはおもいました。そこで、まえにみたところを、もういちど、そして、またもういちど、みてみました。でも、あまぐつはでてきません。

「あーあ、あまぐつなしで、でかけなきゃならないってことね、これは」と、おくさんは、ためいきをついていいました。そして、コートをきて、ボンネットをかぶり、げんかんのつきあたりの、くらいものいれから、みどりいろのあまがさをだしました。

おくさんが、げんかんのベランダにでて、あたまのうえで、あまがさをひらいたときです。ボトン、ボトン！と、おとがして、なにか大《おお》きなもの

が、おくさんのあたまのうえにおちてきました。そのなにかは、もうすこしで、ボンネットをたたきおとすほどつよく、あたまにあたって、それから、おくさんのうしろにおちました。
「いったいぜんたい、なにかしら？」
おくさんが、そういって、うしろをふりかえると、なんとまあ、そこにあったのは、おくさんのあまぐつでした！
「あたし、あまぐつをかさのなかに、

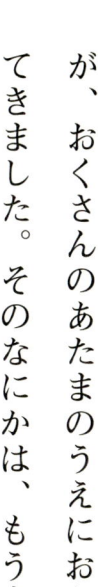

いれておいたんだわ」と、がちょうおくさんはいいました。「そう、いま、おもいだした！　かさのなかにいれておけば、雨《あめ》のとき、さがさずにすむとおもったのよ。でも、いつものばしょにおいておくのがいちばんよかったのかもねえ」

おくさんは、そういうと、あまぐつをはいて、いきおいよく水《みず》たまりの水《みず》をはねかしながら、いちばへとでかけていきました。

2 がちょうおくさんのはたけ

よくはれた、あたたかい日《ひ》でした。どうぶつむらでは、だれもが、にわにでて、ほったり、うえたりしていました。みんながそうやって、くわや、シャベルをもっていそがしそうにしているのをみて、がちょうおくさんは、ひとりごとをいいました。

「あたし、たまねぎがすきだから、はたけいっぱい、たまねぎをつくろうっと。そうしようっと」

このとき、がちょうおくさんは、あのふうがわりないえで、テーブルにすわって、たまねぎをたべていました。

「いっぱい、いっぱい、たまねぎをうえようっと。にわじゅう、たまねぎでいっぱいにしようっと」と、おくさんは、くりかえしひとりごとをいいました。

そこで、おくさんは、しちめんちょうのよろずやさんにいって、たまね

ぎのたねをひとふくろかってきました。そして、それを、じぶんの小《ちい》さなにわいっぱいにまきました。その日《ひ》のおひるすぎ、がちょうおくさんは、めがでたかどうかみにいきました。

いいえ、でていません。でていないのが、あたりまえです。

でも、がちょうおくさんは、がっかりして、ちょっときげんがわるくなりました。おくさんは、ぶつぶついいながら、にわをいったり、きたりしました。

「なにをさがしているんです、がちょうおくさん？」と、りすおくさんがききました。りすおくさんは、まちへいくところでした。

「たまねぎのめがでていないか、みているの」と、がちょうおくさんはいいました。

「いつまいたの？」と、りすおくさんがききました。

「けさまいたばっかりよ」

「それじゃ、でないのはあたりまえよ！」と、りすおくさんはいいました。「そんなにはやくでるわけがないもの。しばらくまたなくちゃ」

がちょうおくさんは、ためいきをついて、「わかったわ」と、いいました。

そこで、おくさんはうちにもどり、つくりかけていた、ながいシーツの

ふちどりをしました。それがおわると、

「さぁ、だいぶながいことまったから、あたしのたまねぎのめがでたかどうか、みてきましょう」と、いいました。

でも、もちろん、めはでていませんでした。

そこへ、ぶたさんが、とおりかかりました。

「ねえ、こっちへきて、あたしのはたけのなにがいけないのかみてちょうだい」

と、がちょうおくさんはいいました。

ぶたさんは、やってきて、じめんをみ

ました。

「ぼくには、なんにもみえないけど」と、ぶたさんはいいました。

「もうじきでてくるはずなの」と、がちょうおくさんはいいました。「けさはやく、たまねぎのたねをまいたの。じょうとうのたまねぎよ。だけど、め・がでないの」

「あたりまえじゃないか」と、ぶたさんはいいました。「またなきゃだめだよ。で、その――たまねぎがとれたら、え――その、クリームシチューにするつもり、がちょうおくさん？」

がちょうおくさんは、ぶたさんにじぶんのたまねぎをたべるはなしをされるのはいやでした。そこで、「さあね」とだけいって、さっさとうちのなかへはいりました。

おくさんは、うちのなかで、やさいづくりのほんをよみました。それか

ら、しばらくたって、とけいをみました。
「あれ、まぁ、もう二《に》じはんだわ。もし、三《さん》じ十五《じゅうご》ふんまえまでにめがでなかったら、かねをならすことにしましょう——そうよ、そうするわ。そうすれば、たまねぎだって、目《め》がさめるでしょうよ」
三《さん》じ十五《じゅうご》ふんまえになると、がちょうおくさんは、うちをでて、たねをまいたところを、のこらずみてまわりました。でも、なんにもでていません。ちっぽけな、みどりのめひとつでていませんでした。
そこで、おくさんは、もうれつないきお

いで、うちへとってかえし、大《おお》きなかねをもってきました。

「ガラン、ガラン、ガラン、ガラン!」

おくさんは、にわをまんべんなくまわって、かねをならしました。

それでも、なにごともおこりません。

おくさんは、かねをもとのたなにもどし、ゆりいすにどさっとこしをおろしました。

「もし、四《よ》じまでにめがでなかったら、あたし、なくわ。でも、四《よ》じまではがまんしましょう」

そこで、おくさんは、あみものをとりあげ、あんで、あんで、あんで、四《よ》じになるまであみつづけました。それから、にわへいってみました。

「まあ、いったいどういうことでしょう、これは!」と、がちょうおくさんは、なきごえになっていいました。「もうたっぷりじかんはあったはずなのに。もうひとまわりして、ようくみなくちゃ——」

おくさんは、小《ちい》さなにわをぐるぐるまわってあるきました——ながいくびをあっちへまげ、こっちへまげ、あなのあくほどじめんをみつめては、ところどころ、やわらかい土《つち》をつつきながら。

そこへ、りすおくさんがやってきました。まちからかえってきたのです。

「どうしたの、がちょうおくさん？」と、りすおくさんはききました。

「あなた、まだたまねぎのめ、さがしてるの？」

「ええ」と、おくさんはこたえました。「だって、あんまりおそいんですもの」

「みてるとだめなの」と、りすおくさんは、小《ちい》さな、あおいかいものかごをしたにおいて、がちょうおくさんにいってきかせました。「たねってものは、そだつのにうんとながいじかんがかかるものなんだから。そのまに、

ほかのことをなさい。せっせとはたらくのよ」

「そう、じゃ、あたし、うちのおおそうじをすることにするわ」と、がちょうおくさんはいいました。

それから、おくさんは、大《おお》きな、あおいエプロンできりっとみじたくをして、しごとにかかりました。うちじゅうをはき、ふき、みがき、こすり、あらいました。それから、だいどころにあるおさらや、おなべをぜんぶピカピカにみがきあげました。それから、ふくとカーテンをたらいになげこみ、ごしごしあらって、ほしました。こんなふうにして、なんにちもすぎました。

ある日《ひ》のごご、がちょうおくさんは、もうふのことをおもいだしました。

「そうだ、もうふだわ。あたし、もうふをそとにだして、ひにあてるのをわすれてた」

おくさんはそういうと、にわにでて、ながいものほしづなをはり、そこにもうふをかけて、せんたくばさみでとめました。とめながら、足《あし》もとをみたおくさんは、さけびました。

「あら、このそこらじゅうにある、小《ちい》さいみどりのものは、なにかしら? もうちょっとでふみつけるところだったわ」

りすおくさんは、げんかんのベランダにいました。がちょうおくさんは、大《おお》きなこえで、りすおくさんをよびました。

「ねえ、きて、うちのにわの、あたらしい草《くさ》をみてちょうだい」

りすおくさんは、ころがるようにかけてきました。そして、そのみどりのものをじっとみてから、いいました。

「草《くさ》ですって、がちょうおくさん？　あなた、たまねぎをまいたんじゃなかったの？」

「そうよ、そうだったわ」がちょうおくさんは、うれしくなりました。

「この小《ちい》さいみどりのものは、たまねぎだったのよ。まあ、なんてはやくめがでたこと！」

こうして、がちょうおくさんの小《ちい》さなにわは、りっぱなはたけになりました。

3 やねのうえの三《さん》にん

ある日《ひ》、りすおくさんがでかけようとして、がちょうおくさんのうちのまえをとおると、まあ、おどろきました。がちょうおくさんが、やねのうえで、かさをさし、大《おお》きなおさらをもって、すわっているではありませんか。どうやら、がちょうおくさんは、なにかたべているみたいです。

「あなた、まあ、そんなところで、いったいなにしてるの？」と、りすおくさんは、ちかくによって、がちょうおくさんをじっとみあげながらききました。

「あたし、やねのうえで、おひるをたべたらどうかしらって、おもったもんだから、ここにあがってきたの」と、がちょうおくさんはこたえました。

「かさをもってきたのは、ひよけのためよ」

「それにしても、あまりぐあいよくなさそうね」と、りすおくさんはいいました。「みてると、いまにもすべりおちそうよ」

がちょうおくさんは、それをきいて、いっしゅんかんがえました。それから、いいました。

「だいじょうぶ。すべりおちないとおもうわ」

「なにをたべてるの？」

「ただのパンとチーズ。それだけよ」

そういって、がちょうおくさんは、大《おお》きなくちばしで、ガブッとひとくち、パンをかじりました。

「口《くち》がカラカラにならない？」

「ええ、カラカラになるわ。でも、

のみものはこぼれるから、もってあがれなかったんですもの」

「じゃ、びんにはいったミルクを、もってあがればよかったのに。あなた、ミルクがほしい？　だったら、わたし、もっていってあげるわよ」と、りすおくさんがいいました。「どうせ、やねのうえでたべるんなら、おいしくたべたほうがいいじゃない」

「ごしんせつにありがとう。そうしてくださると、すてきだわ」

りすおくさんは、うちにかえり、まもなく、かいもののようのかみぶくろにミルクのびんをいれて、もどってきました。

「うらに、はしごがあるわ。あたし、それでのぼってきたの」と、がちょうおくさんはいいました。

そこで、りすおくさんは、すばやくはしごをのぼりました。りすおくさんが、おとなりにくると、がちょうおくさんはいいました。

「どうもありがとう。さ、あなたもいっしょに、チーズとパンとミルクをめしあがれ」

りすおくさんは、そういわれて、いっしゅん、とまどいました。やねのうえでものをたべるなんて、ちょっとばかみたいにおもえたのです。でも、おなかがすいていましたし、それに、べつに、やねのうえにいてものをたべていけないというりゆうもありません。そこで、がちょうおくさんのすぐとなりに、こしをおろしました。

ふたりがたべていると、みどりどおりのくろねこさんが、いちごのはいったかごをさげて、とおりかかりました。

「やあ、こんにちは。いったいぜんたい、ふたりして、やねのうえでなにしてるんだい？」と、くろねこさんはききました。

「パンとチーズをたべて、ミルクをのんでるの」と、がちょうおくさんはこたえました。「みれば、わかるでしょ」

「そう、わたしたち、パンとチーズをたべて、ミルクをのんでるの」と、りすおくさんはいいました。くろねこさんに、そんなところをみられて、ちょっとはずかしいとおもいながら。

「なんだかたのしそうだね」と、くろねこさんはいいました。「それで、デザートには、なにをたべるの？」

「あたしたち、デザートはもってないの」と、がちょうおくさんはこたえました。

「わたしたち、メインコースだけたべてるの」と、りすおくさんはいいました。

「ふうん。このいちごは、とてもいいデザートになるとおもうよ。なんなら、もってってあげようか。すこし、わけてあげるから」と、くろねこさ

んはいいました。

「それは、ずいぶんごしんせつだこと、くろねこさん」と、りすおくさんはいいました。「うらに、はしごがあるわ」

「おれ、はしごなんかいらないさ」

と、いうなり、くろねこさんは、もうやねのうえにあがっていました。くろねこさんにとっては、やねにのぼることなんて、おちゃのこさいさいだったのです。

「せっかくあがってきたんだから、

いっしょに、パンとチーズとミルクをおあがりなさいな」と、がちょうおくさんはすすめました。「さ、ここにすわって、らくにして」

やねのうえでものをたべるのは、らくというわけにはいかないようでした。でも、がちょうおくさんも、りすおくさんも、やっているのです。じぶんがしていけないことはないだろう。そうおもって、くろねこさんは、こしをおろし、ながいしっぽを足《あし》のまわりにまきつけました。

三《さん》にんがそうやってたべていると、はねうさぎさんのところのいちばんしたのこどもたちが、三《さん》にんやってきました。リーフと、クローバーと、ベイビーです。こどもたちは、やねのうえをみると、かけよってきて、おおごえでよびかけました。

「こんにちは、がちょうおくさんに、りすおくさんに、くろねこさん」

そういうと、こどもたちは、わらいだしました。そのようすは、とてもうれしそうで、じぶんたちもやねにあがりたくて、あがってもいいといってもらいたがっていることは、はっきりしていました。

でも、くろねこさんは、いいました。

「きみたち、どこへいくところなの？」

「あのね、あたしたち、しちめんちょうのよろずやさんにいくところなの。おかあさんが、手《て》がいたくなって、だから、あたしたちにおかねをくれて、かえでとうをかって、おとなしくしてなさいって」と、リーフがいいました。

「でも、あたしたち、それより、そこへあ

がりたい」と、クローバーがいいました。

「あがりたーい」と、ベイビーもいいました。

ところで、がちょうおくさんも、りすおくさんも、くろねこさんも、こどもたちをやねのうえにあげたくありませんでした。ひとつには、そんなにおおぜいのぶんのたべものがなかったからですし、もうひとつには、こどもたちが、とんだり、はねたりして、やねからころげおちるとたいへんだからです。

そこで、くろねこさんがいいました。

「きみたち、よろずやさんへ、はねてったほうがいいとおもうよ。かんがえてもごらん、かえでとうって、すごくあまくて、おいしいよ！」

「わかった」と、リーフがいいました。「でも、うちへかえったら、おかあさんに、うちのやねにあがってもいいかきいてみる」

そういうと、こどもたちは、わらいながら、はしっていきました。

ちょうどそこへ、ぶたさんがやってきました。ぶたさんは、じぶんの目《め》がしんじられませんでした。がちょうおくさんのいえのやねのうえに、じぶんのともだちが三《さん》にん、すわっていて、どうやらピクニックをしているらしいのです。

「そんなところで、なにしてるの？　なにかたべてるの？」と、ぶたさんはききました。

もちろん、ぶたさんには、みんながなにかたべていることは、わかりました。みれば、すぐわかります。

「そうだよ。たべてるんだよ」と、くろねこさんはこたえました。「きみは、なにしてるの？」

「ただきみたちをみてるのさ。ぼくもあがりたいけど、どうやってあがっ

「きみたち、どうやってあがったの？」

「うらに、はし——」と、がちょうおくさんがいいかけました。けれども、りすおくさんが、パッとちゃいろの手《て》をのばして、がちょうおくさんのくちばしをふさぎました。ですから、がちょうおくさんは、いいかけていたことをしまいまでいえませんでした。りすおくさんは、ぶたさんにうえにあがってきてもらいたくなかったのです。だって、ぶたさんがくれば、たべるものは、あっというまに、みんななくなってしまいます。

「うらに、なんだって？」と、ぶたさんはききました。「なんていおうとしたの？」

「なんでもない」と、がちょうおくさんはいいました。

やねのうえの三《さん》にんは、たべつづけました。しばらくして、くろねこさんがいいました。

「ぶたくん、大《おお》きないちごをなげるからね。これをたべながら、うちへかえるといいよ」

ぶたさんは、いちごをうけとりました。それをもってあるきながら、ぶたさんは、「どうして、ぼくがうちへかえらなきゃならないんだ？」と、ぶつぶついいました。

ぶたさんがいってしまうと、いれかわりに、ふくろうのろうふじんがやってきました。ろうふじんは、あみものと、やきたてのチョコレートケーキのはいったかごをもっていました。

ろうふじんは、はねうさぎおくさんのところへおみまいにいくとちゅうでした。はねうさぎおくさんが、手《て》をいためたときいて、きのどくにお

もったからです。

がちょうおくさんのいえのちかくまできて、ふくろうのろうふじんはびっくりしました。

「まあ、なんでしょう、あれは？　しんじられないことだわ。わたしのともだちが、三《さん》にんも、やねのうえにあがって、ものをたべている！」

ろうふじんの、きいろい、まるい目《め》が、もっとまんまるくなりました。

「ねえ、あなたたち、いったいそこでなにしてるの？」

ろうふじんは、おおごえでよびかけました。

「ひるごはんをたべてるの。あなたもあがっていらっしゃらない？」と、がちょうおくさんはいいました。

「ぜひどうぞ」と、りすおくさんも、ねっしんにすすめました。「ねえ、ぜひぜひ」

りすおくさんは、チョコレートケーキをいちごといっしょにたべたら、とてもおいしいだろうとおもったのです。

「うらにはしごがあるから」と、くろねこさんもいいました。くろねこさんも、ケーキに目《め》をつけていたのです。

ふくろうのろうふじんは、ちょっとかんがえました。それから、きっぱりといいました。

「いいえ、わたしは、あがらないことにしますわ。やねのうえで、ものをたべることに、いみがあるとはおもえませんもの。いったいぜんたいなぜそんなところにあがったの？　だれのかんがえなの？　くろねこさん、あなたのかんがえ？」

「ちがいますよ」と、くろねこさんはいいました。「ぼくは、ただ、りすおくさんにさそわれただけですよ」

「では、りすおくさん、あなたはなぜあがったの？」

「がちょうおくさんが、あがっていたからですわ」

「そうだとおもった！」と、ふくろうのろうふじんはつぶやきました。

「こんなこと、がちょうおくさんのかんがえにきまってる。はじめから、わかっていてもよかったんだわ」

ふくろうのろうふじんは、こんどは、がちょうおくさんにききました。

「でも、がちょうおくさん、どうしてやねなんかにあがったの？」

「そりゃ――ただ、あたし――やねにあがって――たべようって」と、がちょうおくさんはいいました。「あたし、ただ、きゅうにそうおもっただけなの。それで、ひよけにかさをもってきたの」

「それは、わかるわ。でも、なぜ？」と、ふくろうのろうふじんは、そのりゆうをついきゅうしました。「あなたのおうちは、ごはんをたべるのに、ふつごうでもあるの？　ちゃーんと、テーブルもいすもそろっているのに」

がちょうおくさんは、くちのなかにはいっていたいちごをのみこんで、それから、いいました。

「なぜだかわからないわ」

「そう、がちょうおくさんには、なぜだかわからないとおもうわ」と、りすおくさんも、くろねこさんもいいました。「でも、それはいいから、あがっていらっしゃいよ」

　ふくろうのろうふじんは、かごをかかえて、たっていました。

　やねのうえの三《さん》にんからは、かごのなかのケーキがよくみえました——たっぷりおさとうがのって、まわりにぐるっ

ときのみがのっているところまで。

「ねえ、あがっていらっしゃいってば」と、三《さん》にんはすすめました。

それでも、ろうふじんは、かんがえをかえませんでした。

「いいえ、わざわざめんどうなおもいをしてまで、やねにのぼりたくはありません。なっとくできるだけの、じゅうぶんなりゆうがないならね。じゃ、さようなら、やねの・うえの・三《さん》にんさ――ん」

やねのうえの三《さん》にんは、ふくろうのろうふじんが、とおざかっていくのをみおくりました。しばらくしてから、くろねこさんがいいました。

「じゅうぶんなりゆうなんて、ないよね」

「ないわ」りすおくさんは、そういって、わらいだしました。

三《さん》にんは、わらって、わらって、わらいころげました。

「やめて。おねがいだから、わらうのはやめて」と、がちょうおくさんはいいました。「あたし、やねでおひるをたべようとおもったりゆうがあったはずだとおもうの。でも、それがなんだったか、おもいだせないの」

「まあ、いいよ」と、くろねこさんが、まだこみあげてくるわらいをおさえようとしながらいいました。「どっちにしても、もうそろそろたべるものもなくなった。さあ、したへおりよう。りすおくさん、いっしょにおりましょう」

「ええ、おりましょう」と、りすおくさんもいいました。「がちょうおくさん、あなたもおりましょうよ」

けれども、がちょうおくさんは、おりるといいませんでした。おくさんは、わらうのをやめました。おくさんは、もういちど、しっかりすわりなおして、目《め》をとじました。

「あなたたちは、おりて、あたしをひとりにしておいてちょうだい。あたし、なぜここにあがってきたのか、わかるまで、おりないわ」

というわけで、おくさんは、いつまでもやねのうえにすわっていましたとさ。

4 レモンタルトのひみつ

「あら、こんにちは、がちょうおくさん。ねえ、おききになった？」と、はねうさぎさんのおくさんが、いいました。

「なにを？」がちょうおくさんは、足《あし》をとめてききました。

「ぶたさんのおばさんの、ピンクさんが、いま、どうぶつむらにきていらっしゃるのよ！」

「それで、いつまでいらっしゃるの？」

「一《いっ》しゅうかんか、二《に》しゅうかんだとおもうわ――それでね、そのおばさんたら、すごくおかしなぼうしをかぶっているのよ、えだがはえてて、そこにことりが二《に》わとまってるの」

「いま、どこにいらっしゃるの？」

「ゆうびんきょくのよこのあたりよ」

「それじゃ、あたし、じぶんでいって、あってくるわ」がちょうおくさん

は、そういうと、はしりだしました。
ゆうびんきょくへきてみると、いました、いました、ぶたさんと、おばさんのピンクさんが。ふたりは、どうぶつむらのみんなに、にこにこわらいかけ、おたがいにも、えがおをかわしていました。ピンクおばさんがかぶっているのは、ほんとうにおかしなぼうしで、がちょうおくさんは、みたとたんわらいそうになりました。でも、ぐっとこらえて、
「まあ、ごきげんいかが、ぶたさんに

ピンクおばさん。よろしかったら、こんや、あたしのうちへ、おしょくじにいらっしゃいません？」と、とてもじょうひんにいいました。

「そいつはありがたい。よろこんでうかがいますよ」と、ぶたさんは、すぐいいました。「五《ご》じに？」

「ええ、五《ご》じに」と、がちょうおくさんはこたえました。「ピンクおばさん、ようこそどうぶつむらにおいでくださいました。うれしいですわ」

がちょうおくさんは、じぶんが、とてもじょうずにはなしができたとおもったので、がちょうらしくしっぽをふり、がちょうらしくにっこりほほえんでから、うちへむかいました。でも、あるきだしてすぐ、なんでまたぶたさんが五《ご》じといったとき、ええ、五《ご》じになんていってしまったのだろう、とおもいはじめました。

「五《ご》じなんて、ゆうごはんには、はやすぎるわ。はやすぎるわよ。ぶたさんは、くいしんぼうだから、はやくたべたくて、五《ご》じなんていったんだとおもうわ。まあ、五《ご》じだなんて！　それじゃ、デザートのレモンタルトをふたつつくるじかんがあるかどうか」

そこで、がちょうおくさんは、もうスピードで、ころがるようにうちにかえり、すぐさまおりょうりにとりかかりました。おくさんは、ざいりょうをはかったり、こなをふるったり、まぜたり、やいたり、せわしくうごきまわりました。おかげで、四《よ》じはんになったときには、大《おお》きなレモンタルトがふたつ、ちゃーんとできあがっていました。

「まあ、よくできたこと！　とてもおいしそうだわ」と、がちょうおくさんはひとりごとをいいました。「さあ、おおいそぎ、おおいそぎ。おきゃくさんがいらっしゃるまえに、きがえをしなきゃ」

といって、しんしつにいこうとしたおくさんは、はたと足《あし》をとめました。

レモンタルトがふたつ？　どうしてふたつしかつくらなかったのかしら？　おくさんは、おきゃくをまねいたのですから、こんやのしゅじんです。ということは、テーブルのかみざにすわらなければならないということです。そして、すわるからには、もちろん、じぶんもタルトをたべなければならないじゃありませんか！

「あらまあ、あたし、じぶんのこと、すっかりわすれてた！　もう、じかんがないわ。いったいどうしたらいいかしら？」

　このとき、がちょうおくさんのあたまに、すばらしいかんがえが、ひらめきました。おくさんは、ぶあついボールがみをまるくきりぬきました。それから、おおいそぎでたまごのしろみをあわだてて、オーブンでこげめをつけ、ボールがみのだいのうえにのせました。できあがったところをみると、大《おお》きなレモンタルトそっくりにみえました。これなら、したがボールがみだとは、だれもきがつかないだろう、とがちょうおくさんはおもいました。

おくさんは、おおいそぎで、さっぱりしたふくにきがえました。そして、あたまのはねに、ヒナギクをピンでとめました。かがみのまえにたって、じぶんのすがたをながめながら、おくさんは、

「いかにもおんなしゅじんにみえるわ。それも、すてきなおんなしゅじんに」と、いいました。

ちょうどそのとき、げんかんに足《あし》おとがしました。とをあけると、ぶたさんと、ピンクおばさんが、とびきりおめかしをして、にこにこしながらたっていました。ピンクおばさんは、みどりいろのドレスをきていました。おかげで、いっそうピンクにみえました。ぶたさんは、いちばんじょうと

うのしまのズボンをはき、こうたくのあるくろいうわぎをきていました。「まあ、ようこそ、いらっしゃいました。さあ、どうぞ、どうぞ」と、がちょうおくさんはいいました。

「こんにちは、がちょうおくさん。また、どうぶつむらにくることができて、うれしゅうございますわ」と、ピンクおばさんはいいました。「おいは、とてもしんせつなおともだちをおおぜいもってしあわせですわ」

「ごしんせつに、ゆうしょくにおまねきいただいて」と、ぶたさんは、はなをふがふがさせながらいいました。「それに、このにおい！　とくに、レモンのにおいがこたえられませんねえ。あまくて、おいしそう！」

「それはふたつのレモンタルトのにおいで、三《みっ》つめのじゃないってわかったら、このひと、なんていうかしら？」と、がちょうおくさんは、こころのなかで、こっそりいいました。でも、こえにだしては、

「あれは、あたしのびっくりデザートなの。あたし、りすおくさんからおしえてもらったレシピをつかったのよ」と、いいました。

「ああ、りすおくさんは、おりょうりがじょうずだものね」と、ぶたさんがいいました。

「でも、がちょうおくさんほどじゃないと、おもいますわ」と、ピンクおばさんがおあいそをいいました。

がちょうおくさんも、にっこりしました。ボールがみでタルトをつくるなんて、あたしって、なんてあたまがいいのかしら、とおもいながら。

「さあ、テーブルにどうぞ。お口《くち》にあうといいんですけれど」と、がちょうおくさんはいいました。

「あうにきまってますよ」と、ぶたさんはいって、おおいそぎでテーブルにつき、ひづめの手《て》をこすりあわせました。

「なかに、口《くち》にあわないものがひとつだけまじってるわ」と、がちょうおくさんは、こごえでいいました。けれども、あまり小《ちい》さなこえだったので、だれにもきこえませんでした。「でも、それは、あたしだけのひ・み・つ」

しょくじが、はじまりました。まず、とろりとした、あじのいいスープがでて、そのあとから、たっぷりしたサラダがでました。ジャムつきのマフィンもでました。三《さん》にんは、おしゃべりしたり、わらったりしました。ピンクおばさんは、どうぶつむらはすてきなところだといい、じぶんもここにすみたいといいました。

それから、デザートになりました。

がちょうおくさんは、たべおわったおさらをかたづけ、マフィンのくずをブラシでとって、テーブルをきれいにしました。ちょうど、おくさんがタルトを三《みっ》つもってはいってきたとき、ピンクおばさんは、とてもおもし

ろいはなしをしていました。
がちょうおくさんは、あんまりわらったので、こしをおろしたとき、からだをふたつおりにしなければならないほどでした。ピンクおばさんのはなしをきいて、ぶたさんもべつのはなしをおもいだし、おおわらいしながら、そのはなしをはじめました。そのときでした、がちょうおくさんは、たいへんなことにきがついたのです。
ほんとうは、じぶんのところにお

くはずだったボールがみのタルトを、ぶたさんのまえにおいてしまったのです！

「どうしたらいいかしら？」と、おくさんはおもいました。「まさか、ぶたさんの目《め》のまえで、おさらをとりあげるわけにはいかないし。それに、あのひと、もううえのほうをたべはじめてしまった」

たしかに、ぶたさんは、そのときにはもう、やけめのついた、ふわふわのたまごのしろみを、パクパクたべていました。そのあと、よにもふしぎなことがおこりました。ぶたさんは、ボールがみのだいをふたつにおりたたんで、それもパクッとたべてしまったのです！

がちょうおくさんは、じぶんの目《め》がしんじられませんでした。それから、おもいました。

「つまり、これは、ぶたさんがぶただってことね。ぶたさんは、なんでもたべるんだわ。おどろいた、ぶたさん、きがつきもしなかった！」

がちょうおくさんは、ぶたさんのながい、おかしいはなしがおわりまできたとき、ほっとしました。あんまりほっとしたので、わらってわらって、むせてしまい、ピンクおばさんが、おくさんのせなかをたたいてあげなければならないほどでした。

がちょうおくさんは、じぶんのタルトをたべおわりました。ピンクおばさんも、じぶんのぶんをたべおわりました。それから、みんなは、だんろのそばにせきをうつし、もっとおしゃべりをし、もっとわらいました。かえるじかんがきたとき、おきゃくたちは、おんなしゅじんに、

「こんやは、ほんとうにたのしかった」と、いいました。

そして、ピンクおばさんは、こうつけくわえました。

「りすおくさんのレシピは、ほんとうにおいしかったわ。それ、いつかわたしにもおしえてくださる？」

「ええ、おおしえしますとも」と、がちょうおくさんは、やくそくしました。そして、ちょっとしんぱいそうにわらいました。おくさんは、ぶたさんをじっとみましたが、ぶたさんは、にこにこわらっているだけで、いまでも、じぶんが、ボールがみのだいをまるごとのみこんだことには、きがついていないようでした。

おきゃくたちがかえったあと、がちょうおくさんは、おさらをあらい、だいどころをかたづけました。そして、かたづけながらかんがえました。

「きょうは、うんがよかったわ。ほんとにうんがよかった。三《みっ》つつくらなきゃいけないタルトを、ふたつしかつくらなかったのに、あとひとつをボールがみでつくることをおもいついた。あたしって、ほんとにあたまがいいわねえ。そのうえ、うっかりして、それをぶたさんにだしてしまった。あたしのにするつもりだったのに。そしたら、ぶたさんたら、それをたべちゃった――そうよ、たべちゃったのよ！　なにがうんがいいって、あれくらいうんのいいことってなかったわ！」

5 じてんしゃりょこう

「あたし、あなたにじゅうだいなおしらせがあるの」と、あるあさ、がちょうおくさんが、りすおくさんにいいました。

「して、それはまた、なあに？」と、りすおくさんは、かしこそうな、ちゃいろの目《め》で、がちょうおくさんをあたまのてっぺんから、足《あし》のさきまでみながらいいました。

「あたし、じてんしゃりょこうにいこうとおもうの。こんなにきもちのいい、あたたかいおてんきなんですもの――くうきは、さわやかで、きぶんはせいせいするし、ヒナギクは、きいろい花《はな》をつけてるし、それに、こうようもはじまってるし」

りすおくさんは、しばらくだまってあみものをつづけました。それから、ききました。

「でも、あなた、どうしてじてんしゃりょこうができるの？　だって、あなた、じてんしゃもってないじゃないの」

がちょうおくさんは、これをきくと、ぐっとこたえにつまり、びっくりしたようなかおをしました。しばらくして、がちょうおくさんはいいました。

「でも、そのことは、あんまりじゅうようじゃないとおもうわ。そうよ、たいしたことじゃないわ。かりればいいでしょ、かなものやさんで。あそこに、かしじてんしゃがあるわ」

「ああ、そうなの」と、りすおくさんはいいました。がちょうおくさんも、たまにはとてもいいことをおもいつくもんだ、とおもいながら。それから、かさねてききました。

「それで、あなた、なにをきていくつもり？　スカートじゃながすぎて、足《あし》にまとわりついて、じてんしゃにのるにはむかないでしょう」

「わかってるわ」と、がちょうおくさんはそくざにこたえました。「そのことは、もうちゃんとかんがえてあるの。スラックスをかうつもりなの――あかいのをね。しちめんちょうさんのよろずやで、うっているでしょ」

　がちょうおくさんがあかいスラックスをはいたら、どんなふうにみえるでしょう。りすおくさんは、それをおもうと、おかしくてたまりませんでした。でも、それをぐっとこらえていいました。

「そうなの。で、じてんしゃにのって、どこへいくの？　あれのがもりのなかの、ゆうほどうをただぐるぐるまわるだけ？」

「そんなまねはしないわ」と、がちょうおくさんは、ピシャッといいました。「あたし、どうぶつむらてつどうにのっていくつもりなの。きしゃなら、りょうほうとものれるでしょ――あたしも、じてんしゃも。それで、ずうっとたかいがおかまでのっていくの。それから、そこでおりて、かえってくるの。そうしたら、ほとんどくだりざかでしょ」
「なるほどねえ」と、りすおくさんは、かんしんしていいました。がちょうおくさんが、じてんしゃりょこうについて、あれもこれも、ちゃーんとかんがえているのに、びっくりしました。ほんとに、よくかんがえています。もんだいなのは、じてんしゃをもっていないということでしたが、それもかいけつしたいま、このけいかくは、とてもよくできたものにおもえました。

　がちょうおくさんが、いえにかえったあと、りすおくさんは、あみものをかたづけて、いちばへかいものにいきました。りすおくさんは、かいものはすこししかしませんでしたが、おしゃべりはうんとたくさんしました——そして、それは、ぜんぶがちょうおくさんのじてんしゃりょこうのはなしでした。

「まあ、がちょうおくさんたら、なにもかもちゃーんとけいかくしてるのよ」と、りすおくさんは、三《さん》ばのあひるにいいました。「きいてびっくりよ！　まず、あかいスラックスをかうんですって。それから、じてんしゃをかりて、それをきしゃにのせて、じぶんもいっしょにのって、たかいがおかまでいくんですって。そこできしゃからおりて、どうぶつむらまでかえってくるっていうんだけど、ぜんぶくだりざかだから、らくに、すいすいかえってこられるって」

「がちょうおくさんがかんがえたにしては、すばらしすぎるけいかくね」

と、三《さん》ばのあひるはいいました。

「きいてるだけなら、とてもよさそうだけど」と、くろねこさんがいいました。「でも、それって、どこかもんだいがあるよ。まあ、みててごらん。なにしろ、それをかんがえたのは、がちょうおくさんだからね」

それでも、りすおくさんはいいました。
「がちょうおくさんのかんがえることがどんなことだか、わたしたちみんな、よーくしってるわ。でもね、こんどということどは、わたし、がちょうおくさん、けいかくしたとおりにやるとおもうの。それも、もんだいをおこさずに」
「あたしたちも、いっしょにいくのだといいんだけどねえ」と、三《さん》ばのあひるがいいました。

「もしかしたら、とてもおもしろいかもしれないよ」と、ぶたさんがいいました。

「ダイエットにもいいかもね」と、三《さん》ばのあひるが、ぶたさんをまじまじとみていいました。

ぶたさんは、すぐに、ひづめの手《て》をおなかにあててわらい、それから、そっぽをむきました。でも、ぶたさんは、三《さん》ばのあひるがなにをいおうとしていたか、もちろん、ちゃーんとしっていました。

みんながこんなはなしをしているあいだ、がちょうおくさんは、しちめんちょうさんのよろずやにいました。ようふくうりばで、スラックスをみては、ああでもない、こうでもないといっていたのです。

がちょうおくさんは、かがみのまえで、あっちをみたり、こっちをみたりしながら、

「ぜんぜんあわないみたい」と、いいました。
「そうですな。ぴったりあっているとは、いいかねますなあ」と、しちめんちょうさんはいいました。「足《あし》のぶぶんは、もっともっとみじかくて、こしまわりは、その、もっと、うんと――その――まるくないとね、がちょうおくさん」
「そうね。そのとおりだわ」と、がちょうおくさんはいいました。
「よかったら、すんぽうなおしをいたしますよ、ええ、それは、できますから」

「まあ、それは、うれしいこと。ただ、じてんしゃりょこうは、あさってなの。あさ十《じゅう》じのきしゃにのるつもりなの。まにあうかしら？」

「まにあわせますよ」

がちょうおくさんは、大《おお》きくいきをついて、はねをばたばたさせました。

「あたし、とてもしんぱいなの。だって、おべんとうをつめて、まえもってきっぷをかって、いざしゅっぱつっていうときに、スラックスができてないというんじゃ、こまるもの」

「だいじょうぶ。ちゃんとまにあわせますよ」と、しちめんちょうさんはいいました。「わたしが、うけあいます。きしゃにのるまえに、よってください。だいじょうぶです！　しんぱいしないで」

「そぉーお、じゃ、しんぱいしないようにするわ」がちょうおくさんは、そうつぶやいて、いそぎあしでかえっていきました。

けれども、つぎの日《ひ》、がちょうおくさんは、しちめんちょうさんをてこずらせました。なんども、なんどもおみせにやってきては、スラックスはまだできていないかとききいまやっているさいちゅうといわれると、ためいきをついたり、あたまをふったりしたのです。しちめんちょうさんは、なんども、

「じかんまでには、しあがります。おやくそくしますから」と、いわなければなりませんでした。

「ばかげてるってことは、わかってるの。でも、あたし、しんぱいで、しんぱいで、それいがいのことは、かんがえられないの！」と、がちょうおくさんはいいました。

「いって、おべんとうのよういをしなさい。それから、きっぷをかっていらっしゃい。そうしたら、じゅんびがととのうでしょう」と、しちめんちょ

うさんはいいました。

「それは、いいかんがえね」がちょうおくさんは、ようやくきもちをきりかえて、えきへはしっていきました。

つぎの日《ひ》は、すばらしいおてんきでした。どうぶつむらのなかまたちは、しゅっぱつするがちょうおくさんをみおくろうと、みんなえきのプラットホームにあつまっていました。そのうちに、みんなは、しんぱいしはじめました。きしゃのじこくがちかづいたのに、がちょうおくさんがあらわれなかったからです。

「やれ、やれ。いったい、どうなってるんだろう？」ぶたさんが、大《おお》きなかいちゅうどけいをとりだしていいました。

「がちょうおくさん、あたらしいスラックスのすんぽうなおしのことで、おおさわぎしていたのよ」と、三《さん》ばのあひるがいいました。「まにあわないんじゃないかって、ものすごくしんぱいしてたの」

「あら、いよいよおでましよ、あかいスラックスをごちゃくようにおよんで」と、りすおくさんがいいました。

「そして、きしゃもやってきた」と、三《さん》ばのあひるがクワックワッごえでいいました。「ああ、よかった、まにあって！　おはよう、がちょうおくさん、まあ、なんてすてきなの！」

「そうなの、ぴったりでしょ」がちょうおくさんは、みんなのまえで、くるっとまわってみせながらいいました。りすおくさんは、ないしん、

「がちょうおくさんたら、まるであかいキャベツみたい。スラックスなんか、にあわないって、はじめからわかっていてもよさそうなものなのに」と、おもいました。（でも、そんなことは口《くち》にはだしませんでした。）

「ほら、きしゃがきた。はやく、のった、のった！」と、ぶたさんがいい

ました。

がちょうおくさんは、とくいまんめん、きしゃにとびのりました。でも、きしゃがすぐにはうごきださなかったので、

「どうして、でないの？」と、ききました。

「ゆうびんぶつや、にもつをのせてるのよ」と、りすおくさんがせつめいしました。「にもつのなかには、あなたのじてんしゃもあるんでしょ、そうじゃない？」

がちょうおくさんは、きしゃのステップにたっていました。目《め》をつぶり、くちばしを大《おお》きくあけ、ひどくぐあいがわるそうなようすで。

「ねえ、どうしたの？」と、みんながききました。

「あの、あたし、スラックスのことがしんぱいで、しんぱいで——ほかのことがかんがえられなかったもんだから——」

「それで？」

「だもんだから、わすれちゃって――」

「わかった。あなた、じてんしゃ、わすれたんでしょ。そうじゃない？」

と、りすおくさんが、はやくちでいいました。

「いっただろ。なにかもんだいがおこるとおもってたんだ」と、ぶたさんがいいました。「けど、これは、ぼくがおもってたより、うんとひどいや。じてんしゃりょこうにいくのに――じてんしゃをわすれたなんて。ハ、ハ、ハ！」

きしゃが、うごきはじめました。

「おりて、おりて」と、三《さん》ばのあひるが、おおあわてにあわてて、クワッ クワッごえでいいました。

「だって、あたし、おべんとうつくっちゃったし、きっぷもかったのよ」と、

がちょうおくさんは、さけびました。
「けど、じてんしゃがないじゃない」みんなは、そういって、がちょうおくさんのつばさをつかんで、きしゃからひっぱりおろしました。
「あした、おなじきしゃでいけばいいよ」そういうと、みんなは、がちょうおくさんをひっぱって、かなものやさんまでつれていきました。こんどこそ、じてんしゃをわすれないようにしてもらいたいとおもったのです。
というわけで、がちょうおくさんは、

つぎの日《ひ》のきしゃで、じてんしゃりょこうにでかけました。おくさんは、しっぱいをしたのは、かえってよかった、とおもいました。それは、ほんとうでした。というのは、ぶたさんも、いっしょにいくことにきめ、ギアチェンジのついたじてんしゃをかり、三《さん》ばのあひるもいっしょにいくからと、三《さん》にんのりのかわいいじてんしゃをかりたからです。そこで、みんなして、じてんしゃにのり、いいきぶんで、すいすいとえきまではしっていったのでした。

6 クリスマスまであけないで

がちょうおくさんは、クリスマスプレゼントをつつんでいるところでした。へやのなかは、つつみがみや、ふくろや、はこや、リボンでいっぱいにちらかっていました。こんなありさまになったのは、おくさんのあたまのなかが、こんがらかっていたからです。そのために、おくさんは、あっちへいったり、こっちへいったり、ものにつまずいてころんだりしていました。

「クリスマスのじゅんびをするのって、ひとしごとだわ」と、おくさんはいいました。「でも、みんなになにをあげるかのプレゼントをかうおかねがあってよかった。それに、だれになにをあげるか、ちゃんとリストにしておいてよかった。だって、まちがえたらたいへんだもの」

そうです。かべには、プレゼントのリストが、ピンでとめてありました。がちょうおくさんは、しょっちゅうみどりいろのめがねをかけては、リス

トのところへはしっていって、たしかめていました。

「三《さん》ばのあひるには、ジグソーパズルね――まず、それからつつむことにしましょう。リストのじゅんばんにつつんでいけばまちがえないから」

　おくさんは、そういうと、パズルのはいったはこをひっくりかえして、バラバラになったピースを、一《いち》まい、一《いち》まいべつべつに、みどりいろのつつみがみにつつみ、あかいリボンのきれはしでむすびました。これには、もちろん、とてもてまがかかりました。せっせと手《て》をうごかしても、ぜんぶつつみおえるのに、一《いち》じかんほどかかってしまいました。すっかりつつんでしまうと、がちょうおくさんは、それをもとのはこにいれようとしました。ところが、つつんだために、はこのなかにはいりきれません。

「そうねえ。おみせからきたはこのまま、つつめばよかったのかもしれないわねえ。でも、つつむまえに、そのことをおもいつかなかったんだもの、しかたないわ」

おくさんは、そういって、かみにつつんだ、小《ちい》さなピースを、ぜんぶどさっとふくろにいれ、おくりもののようの小《ちい》さなカードに、「三《さん》ばのあひるさんへ、ともだちのがちょうおくさんより。クリスマスまであけないでね」と、かいて、とめました。

「くろねこさんには、おちゃのポットと、またたびのおちゃ——だったわね」

リストの二《に》ばんめをみながら、がちょうおくさんはいいました。けれども、うっかりしていたので、カードをポットのなかにおとしてしまいました。そこで、くちばしではさんでとろうと、あたまをポットのなかにつっこみました。ところが、あたまがポットにぎっちりつまって、ぬけなくなってしまいました。おくさんは、あわてふためいて、へやじゅうどたどたとはしりまわりました。

「たすけて！」「いきがつまるゥー」と、さけぼうとしましたがこえになりません。そのうち、おもいきりつよくあたまをふったとたん、ポットはあたまからぬけて、ポーンととんで、へやのむこうにあるストーブのしたに、大《おお》きなおとをたてておちました。このときまでに、おくさんは、それをだれにあげるつもりだったのか、わすれてしまっていたので、もういちど、リストのところへ、はしっていかなければなりませんでした。

「りすおくさんには——くるみのからをいれるためのくずいれね」

ポットのつぎは、くずいれでした。がちょうおくさんは、このあかい、きんぞくせいのくずいれが、たいそうじまんでした。それに、これは、きのみをたくさんたべるりすおくさんには、ぴったりのプレゼントでした。りすおくさんは、きのみがだいすきなのです、ほかのひとがキャンディをすきなように。

がちょうおくさんは、このくずいれをつつむのに、とてもてこずりました。ツルツルすべって、なかなかじっとしていてくれないのです。とうとう、おくさんは、かた足《あし》をくずいれのなかにいれて、ぐっとおさえました。ほうら、これで、うごかない。おくさんは、やっとくずいれをつつむこと

ができました。ところが、つつみおわってみると、足《あし》が、なかにはいったままでした！　まるで、おくさんが、おおおとこのくつをはいたようです！　おくさんは、じぶんのまちがいにすぐきがつきました。そして、そこにたったまま、どうしたらいいだろうとかんがえました。このまま、つまり、くずいれに足《あし》をつっこんだまま、りすおくさんのうちまであるいていって、プレゼントをあげたらいいのかしら、ともおもいましたが、それはたいへんそうで

す。そこで、足《あし》をぬいて、もういちどつつみなおしました、こんどはまちがえないようにきをつけて。

でも、まあ、それは、なんとばかでかいつつみになったことでしょう！

「ここにおいておくと、じゃまだわ。おもてにだしておきましょう。そうでなくても、へやがいっぱいなんだもの」

おくさんは、そういうと、おおいそぎで、カードをかきました。

「がちょうおくさんへ、りすおくさんより。クリスマスまであけないでね」

そして、おくさんは、そのつつみを、げんかんのとのそとにおきました。

のこりのプレゼントは、これまでよりうまくいきました。このごろのきびしいさむさはたまらないとこぼしている、ふくろうのろうふじんには、あたたかいぼうし。どうぶつむらのあかちゃんたちには、かわいらしいこもの。ぶたさんには、『たいじゅうオーバーのどうぶつのためのダイエットのほん』。めんどりさんちのふたご、ひよっこのアラベルとクララベルには、ピンとはねたリボンのかざり。やがて、どのプレゼントもつつみおわって、ちゃんとカードもつきました。どのカードにも「クリスマスまであけないでね」と、かいてありました。

それから、がちょうおくさんは、へやのなかのかたづけにかかりました。つかったものをもとのばしょにもどし、ゆかをはきました。それがすむと、いちばんじょうとうのオーバーをきて、いちばんじょうとうのぼうしをかぶり、プレゼントをのこらずていねいにそりにのせて、でかけるよういをしました。

「クリスマスは、あしただけど、あたし、もうまっていられない。おともだちのところへ、これぜんぶとどけにいかなくちゃ」

がちょうおくさんは、そういって、うちをでました。すっかりクリスマスのきぶんになって、うれしくてしかたがなかったので、くちばしをそらにむけていたものですから、げんかんのとのわきに、もうひとつプレゼントがあるのにぜんぜんきがつきませんでした。おくさんは、うちをでるちょくぜん、とだなのいちばんうえのたなから、かねをひっつかんで、もってでました。みちみち、けいきよくガランガランとならそうとおもったのです！

ゆきのうすあかりのなかを、がちょうおくさんは、かねをならしながら、あるいていきました。とおりにならんだうちも、みなたのしげで、いごこちよさそうにみえました。

どうぶつむらのこどもたちは、ガランガランとなるかねのおとがだいすきでした。はねうさぎさんのところのこどもたちが、がちょうおくさんがひくそりを、うしろからおしてくれました。

おくさんは、ともだちのうちへプレゼントをくばってあるきました。そして、わたすときには、かならず「クリスマスまであけないでね」と、いいました。みんなは、「ありがとう。そんなにながいことまたなくてもいいわ、だって、クリスマスは、もうあしたですもの」と、いいました。

からになったそりをひきずってうちにかえってきたとき、がちょうおくさんは、ちょっとくたびれていました。げんかんのだんだんをのぼっていくと、とのそば

になにかおいてあります。ものすごく大《おお》きなつつみです。
「いったいぜんたい、なにかしら？」とおもって、がちょうおくさんは、目《め》をあげてじっとそれをみました。どこかでみたようなきもしましたが、カードをみると、「がちょうおくさんへ、りすおくさんより。クリスマスまであけないでね」と、かいてあるので、これはじぶんにきたプレゼントにちがいないとおもいました。
「あたしがでかけているあいだに、りす

おくさんがきて、おいていったんだわ、そうにちがいない」と、おくさんはおもいました。「いいわ、クリスマスまでまちましょう。といっても、またなくてもいいのならもっといいんだけど。だって、これ、すごく大《おお》きくて、おもしろそうなんだもの。いま、あけられたらいいのに！」

でも、がちょうおくさんは、カードにかいてあるとおり、まつことにして、それをツリーのそばにおき、ベッドにはいりました。

つぎのあさ、がちょうおくさんは、ゆきがまどにふきつけるおとで目《め》がさめました。

「ホワイトクリスマスだわ」と、おくさんはさけび、「すぐおきて、だんろに火《ひ》をおこそう。そして、火《ひ》がもえだしたら、りすおくさんからのプレゼントをあけることにしよう」と、いいました。

おくさんは、はいいろのガウンをきて、だんろに火《ひ》をおこしました。そして、ほのおがあかるく、いきおいよくもえだすと、あの大《おお》きなプレゼントのつつみがみをはがしました。

おくさんは、目《め》をパチクリして、いきをのみました。がちょうの目《め》とはいえ、じぶんの目《め》がしんじられませんでした。だって、でてきたのはあかい、きんぞくせいのくずいれだったんですもの！

「あたしが、りすおくさんにあげたのとそっくりだわ」と、がちょうおくさんはおもいました。「まあ、なんておかしいんでしょう、ふたりがおんなじものをもっていくなんて！」

おくさんは、そのくずいれに目《め》をすえて、じっとみて、かんがえました。そうしたら、とつぜん、ピンときたのです。

「これ、あたしが、りすおくさんにあげようとおもっていたくずいれだわ！」

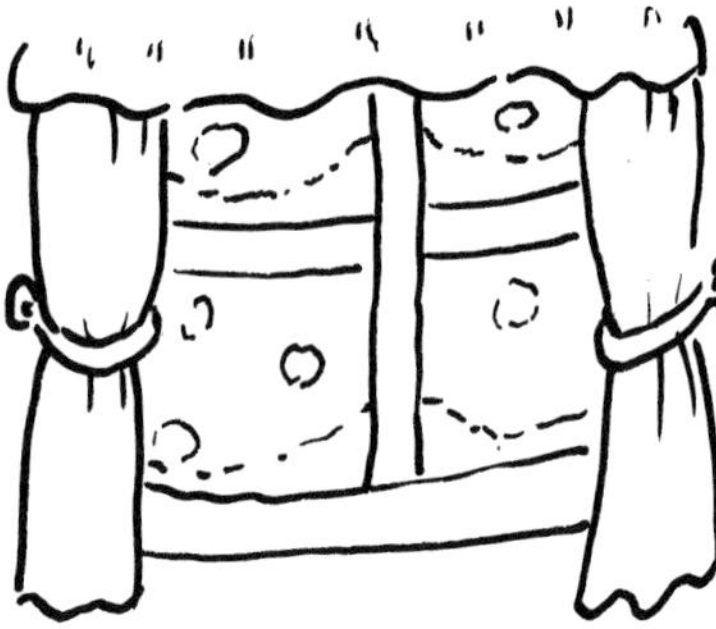

そうです。おもいだしました。つつんで、じゃまになるから、げんかんにおいたのです。そして、うっかりして、「りすおくさんへ、がちょうおくさんより」とかかなければいけないのに、「がちょうおくさんへ、りす

おくさんより」と、かいてしまったのです。なんておばかさんだったんでしょう！

「あたし、じぶんでじぶんにプレゼントしてしまったんだわ」

おくさんは、はいいろのガウンをきて、つったったままかんがえました。わらいだしたいような、なきだしたいようなきもちでした。

「わかった、どうすればいいかわかったわ。すぐにふくをきかえて、りすおくさんのところに、プレゼントをもっていくのよ。でも、そのまえに、たっぷりしたあさごはんをたべましょう。そうすれば、きぶんがよくなるから」

がちょうおくさんは、ちょっとためいきをついていいました。

おくさんが、オーバーをきて、いまにもでかけようとしているところへ、ドンドンとだんだんをあがってくる足《あし》おとや、わらいごえがきこえて、げんかんがさわがしくなりました。でてみると、そこには、どうぶつむらのおともだちが、手《て》に手《て》に、ひいらぎのえだと、プレゼントをもって、せいぞろいしていました。

「メリー・クリスマス！　プレゼントをありがとう。これは、わたしたちからのプレゼント」と、みんなはいいました。

「きてくださってありがとう、みなさん」と、がちょうおくさんはいいました。それから、くろい目《め》をふいてつづけました。「ごめんなさいね、りすおくさん。あなたのプレゼントだけは、ちょっとしたてちがいがあって、まだつつんでないの。これなんだけど——くるみのからをいれるくずいれなの」

がちょうおくさんは、そういって、くずいれをさしだしました。りすおくさんは、にっこりわらって、ちゃいろのうででそれをうけとりました。

「くずいれですって。これ、まえから、ほしい、ほしいとおもってたのよ！　ありがとう、がちょうおくさん。つつんでないからって、きにしないで。わたし、このままでもってかえるから」

「それ、とってもつつみにくかったの」と、がちょうおくさんはいいました。「ほんとのことというと、あたし、はじめ、じぶんの足《あし》をなかにいれたまま、つつんじゃったの！」

それをきいたみんなが、あんまりおもしろがって、わらいころげたので、がちょうおくさんは、そのはなしをしてよかったとおもいました。

「クリスマスまであけないでね」と、くろねこさんがいいました。「もし、きみが、カードをちゃんとよんでいたら、まだ足《あし》をつつんだままでいなければならなかったかもしれないね、がちょうおくさん」

「あら、あたし、すぐ、足《あし》をぬいたわよ」と、がちょうおくさんは、にっこりわらっていいました。みんながあんまりわらうので、がちょうおくさんは、そのあとのはなしもしてしまおうかしら、とおもいました。

「プレゼントをつつむのに、あんまりむちゅうになっていたもんだから、あたし、カードに『がちょうおくさんへ、りすおくさんより』ってかいてしまったの」と、がちょうおくさんは、じぶんのしっぱいをしょうじきにはなしました。「それで、プレゼントがおそくなったの。だって、あたし、これ、あたしにきたんだっておもったんだもの」

みんなは、このはなしを、まえのはなしより、もっとおもしろがりました。けれども、りすおくさんは、みんながわらいすぎだとおもい、

「さあ、さあ、がちょうおくさん。あなたにきたプレゼントをあけなさいよ。きにいるかどうか、あたしたち、しりたいから」と、いいました。

こんなふうに、みんなにちやほやしてもらって、がちょうおくさんは、

とてもうれしくなりました。そして、ひとつずつプレゼントをあけては、「ありがとう！　これ、ほしかったのよ！」と、いいました。

大《おお》きな足《あし》にはく、あたらしい、きいろのスリッパ。わすれものをしないようにかきとめるためのノート。やくそくをわすれたり、きょうがなんにちだったかわからなくなったりしないためのカレンダー。いちばんじょうとうのぼうしにつけるあかいベール。これらは、ほんの一《いち》れいです。ぶたさんさえ、とてもきまえよくプレゼントをくれました。それは、『大《おお》きなとりのためのダイエット』というほんで、がちょうおくさんがぶたさんにあげたのとほとんどおなじでした！

なにもかもが、うまくいきました。がちょうおくさんは、ほんとうにしあわせでした。こんなふうに、おともだちどうし、おくりものをあげたり、おくりものをもらったりするのって、なんていいんでしょう。がちょうおくさんは、かおをかがやかせて、いいました。

「クリスマスって、すてきな日《ひ》じゃない？」

「せかいでいちばんいい日《ひ》だよ」と、みんなも、かおをかがやかせていいました。

■作者・訳者・画家紹介

ミリアム・クラーク・ポター（Miriam Clark Potter）

一八八六年、アメリカのミネソタ州に生まれる。多くの新聞や雑誌に子どものためのお話や詩を寄稿し、生涯にわたって子どもの本の創作を続けた。「どうぶつむらのがちょうおくさん」シリーズは、ポターが一九三〇年代から六〇年代にわたって書きつづけた、代表作とも言える作品である。彼女の作品はスウェーデン語やフランス語にも訳され、国際的に親しまれている。一九六五年没。

松岡享子（まつおかきょうこ）

一九三五年、神戸に生まれる。神戸女学院大学英文学科、慶応義塾大学図書館学科を卒業したのち、渡米。ウエスタンミシガン大学大学院で児童図書館学を学び、ボルチモア市の公共図書館に勤めた。帰国後、大阪市立中央図書館小中学生室に勤務。その後、家庭文庫をひらき、児童文学の研究、翻訳、創作に従事。一九七四年、石井桃子氏らと財団法人東京子ども図書館を設立し、現在同図書館理事長を勤める。絵本の文の創作には、『おふろだいすき』（福音館書店）、絵本の翻訳には、『しろいうさぎとくろいうさぎ』、お話の翻訳には「くまのパディントン」シリーズ（福音館書店）、「ゆかいなヘンリーくん」シリーズ（学研）などがある。東京都在住。

河本祥子（こうもとさちこ）

一九四〇年、東京に生まれる。女子美術大学芸術学部図案科卒業後、米国アートセンタースクールに留学。一九八〇年から一〇年間、家族とともにニューヨークに住む。幼い子ども二人とともに絵本を読むうち、絵本作家を志す。エインズワースの作品に魅せられ、『雪だるまのひみつ』『ようせいのゆりかご』『グッディさんとしあわせの国』『ねこのお客』『魔女のおくりもの』（以上岩波書店）や『ふゆのものがたり』（福音館書店）などの、翻訳と挿絵を手がけた。創作絵本に、『ともだちができたよ』（文化出版局）などがある。神奈川県在住。

Favorite Stories about Mrs. Goose of Animaltown –Volume 1–
by Miriam Clark Potter
[Selected from "Mrs. Goose and Three-Ducks" (1936),
"Mrs. Goose of Animaltown"(1939), "Hello, Mrs. Goose" (1947)]

Originally published by J. B. Lippincott Company, U. S. A., 1936 / 1939 / 1947
This Japanese edition published by Fukuinkan Shoten Publishers, Inc., Tokyo, 2004
Printed in Japan.

どうぶつむらのがちょうおくさん　1のまき

ごきげんいかが　がちょうおくさん

二〇〇四年 六 月三〇日　初版発行
二〇二〇年 七 月二〇日　第八刷

作　者　ミリアム・クラーク・ポター
訳　者　松岡享子
画　家　河本祥子
発　行　株式会社 福音館書店
郵便番号　一一三―八六八六
東京都文京区本駒込六丁目六番三号
電話　営業（〇三）三九四二―一二二六
編集（〇三）三九四二―九三一七

印　刷　錦明印刷
製　本　積信堂
デザイン　鷹觜麻衣子

乱丁・落丁本は小社出版部宛ご送付ください。
送料小社負担にてお取り替えいたします。
NDC九三三／一〇四ページ／二〇×一五センチ
ISBN 4-8340-1991-8
https://www.fukuinkan.co.jp/